W0248787

**Wer sehen will,
schaut mit dem Herzen.**

Antoine de Saint-Exupéry

Märchen aus der Churburg

Ein Buch für Kinder und Erwachsene

erzählt von Gianni Bodini

ATHESIA VERLAG

BIBLIOGRAFISCHE INFORMATION DER DEUTSCHEN NATIONALBIBLIOTHEK
Die Deutsche Nationalbibliothek verzeichnet diese Publikation in der Deutschen Nationalbibliografie; detaillierte bibliografische Daten sind im Internet abrufbar: http://dnb.d-nb.de

2017
Alle Rechte vorbehalten
© by Athesia AG, Bozen
Fotos: Churburg, Michael Stauder/Foto Drescher, Meran, www.drescher.it
Design & Layout: Athesia-Tappeiner Verlag/Churburg, Michael Stauder
Druck: Athesia Druck, Bozen

ISBN 978-88-6839-282-6

www.athesia-tappeiner.com
buchverlag@athesia.it

designed + produced
IN SÜDTIROL

Inhalt

QVALEM PARENTIBVS RETVLERIS GRATIAM, TALEM A LIBERIS EXPECTATO.

MILESIVS

Die Liebe, die du deinen Eltern entgegenbringst, kannst du auch von deinen Kindern erwarten.

Märchen aus der Churburg

In dieser wunderschönen Burg am Eingang des früher einmal Amatia genannten Matscher Tales geschahen – und geschehen vielleicht auch heute noch – recht eigenartige Dinge. Die Geschichte des Schlosses und seiner Herrschaften ist bestens mit zahlreichen Dokumenten belegt. Ziemlich rätselhaft hingegen sind Ursprung und Bedeutung der Fresken im Arkadengang. Welche Bewandtnis es damit wirklich hatte, das erzählt euch die folgende Geschichte.
Es geschah vor langer Zeit, dass ein Sprössling dieses mächtigen Adelsgeschlechts einfach nicht mehr weiterwachsen

wollte. Kurzum, der Knabe wollte länger ein Kind bleiben und weigerte sich, größer zu werden. Man weiß, dass die Kleinen oft kleine Launen haben (so wie die Großen oft große Launen haben). Die zurate gezogenen Ärzte aber befanden: „Das wird schon vorübergehen."
Und auch die Eltern sagten: „Das wird schon vorübergehen."
Doch er, Matthäus Matthias Gaudenz, der einzige männliche Nachkomme und Erstgeborene, weigerte sich weiterzuwachsen. Der Vater, Oswald Udalricus Jacobus, war wegen des Kleinen sehr besorgt. Seine Gattin, Kunegund Zimburga, hatte ihm, bevor sie gestorben war, weitere zwei Sprösslinge geschenkt, Anna Magdalena und Katharina Elisabeth. Zwei hübsche und sehr liebenswürdige Mädchen, die aber eben „nur" Mädchen und daher für eine standesgerechte Nachfolge nicht geeignet waren.
Matthäus Matthias Gaudenz, das mutterlose Adelsbübchen, wurde nicht nur von seinem sonst so gestrengen Vater verhätschelt und verwöhnt, sondern bald auch schon von seinen beiden Schwestern, die, obwohl jünger, ihm längst schon über den Kopf gewachsen waren.
Er aber wollte immer noch nicht weiterwachsen.
So kam es, dass ihn eines schönen Tages der Vater zu sich rufen ließ und ihn ausnahmsweise im großen Audienzsaal empfing.

„Mein lieber Matthäus Matthias Gaudenz, die Jahre vergehen, ich werde langsam alt, und früher oder später wirst du mir als Herrscher nachfolgen müssen. Was kann ich bloß tun, um dich wieder zum Wachsen zu bringen?“
„Mein verehrter und edler Vater“, antwortete der Sohn, „ich möchte noch ein Jahr lang Kind bleiben, um meiner Fantasie Zeit zu lassen, bevor sie den Pflichten und Sorgen der Großen weichen muss.“
Da der Vater seinen Sohn über alles liebte, gewährte er ihm diese zusätzliche Frist. Während der darauffolgenden Monate vergnügte sich der Junge aufs Beste. Er beobachtete die langsam oder schnell über den Himmel ziehenden Wolken in ihren unterschiedlichsten Formen oder verbrachte auch ganze Stunden vor dem offenen Kamin und starrte fasziniert in das lodernde Feuer. Die Lateinstunden besuchte er nur unregelmäßig, während er sich andererseits der Musik und der Malerei mit großer Begeisterung hingab. So war das Jahr bald um, und eines Tages war es dann so weit: Wieder empfing ihn der Vater im großen Audienzsaal.
„Mein lieber Matthäus Matthias Gaudenz, die von dir selbst erbetene Frist ist um, ich bin noch älter geworden, und es liegt nun an dir, dein Versprechen zu halten und dich in den Künsten des Herrschens und der Waffen zu üben. Dafür habe ich dir auch ein Geschenk vorbereiten lassen.“ Er gab ein Zeichen, und hereingetragen wurde eine Rüstung in

Miniaturausführung. – Es war dieselbe, die ihr sicherlich schon in der Rüstkammer der Churburg bewundert habt. Doch allein der Gedanke daran, dieses eiserne Zeug tragen zu müssen, ließ den Kleinen erschaudern. Fechtunterricht, Waffenkunde und Kriegstaktik erwarteten ihn jetzt, und aus ist es wohl mit all den verträumten Wolken- und Feuerfantasien!

„Mein verehrter und edler Vater, das Jahr ist so schnell verflossen, dass ich noch gar nicht dazugekommen bin, mir meinen größten Herzenswunsch zu erfüllen: Ich liebe Bilder über alles und möchte die Schildwände des Arkadenganges mit Malereien ausschmücken lassen.

Wenn ich mich rundherum tragen lasse, dann kommt Bewegung in die Bilder und sie werden lebendig. Deshalb flehe ich Euch an, gebt mir noch ein einziges Jahr, dann werde ich zu wachsen beginnen und mich den ernsten Dingen widmen."

Obwohl der verblüffte Vater den seltsamen Wunsch seines Sprösslings nicht ganz verstand, gewährte er

ihm großzügig diesen weiteren Aufschub und stellte ihm sogar den Hofmaler das ganze Jahr über zur Verfügung.
Und wieder begannen die Tage zu verfließen, doch nicht ein einziger Vorschlag, der in ein Bild umgewandelt werden konnte, drang aus dem Munde von Matthäus Matthias Gaudenz. Der starrte bloß die weißen Schildwände an und ging seufzend auf und ab, gefolgt vom ratlosen Hofmaler, der mit Pinseln und Farben untertänigste darauf wartete, die Wünsche seines jungen Herrn auszuführen.
Und wieder ging das Jahr vorbei.
Die Stimme des Vaters war nun deutlich gestrenger: Das Jahr sei ungenutzt verstrichen, auch habe er vom Kellermeister vernommen, der Hofmaler sei ziemlich bedrückt und schon des Öfteren beim heimlichen Weingenuss ertappt worden.

„Mein verehrter und edler Vater, wenn Ihr mich wirklich lieb habt, dann gewährt mir noch ein einziges Jahr, ich verspreche Euch hoch und heilig, es wird das allerletzte sein."

Und er flehte so lange und inniglich, bis der Vater erneut nachgab.
Und wieder vergingen Tage und Wochen, doch Matthäus Matthias Gaudenz fand nicht die richtige Inspiration, so sehr er sich auch anstrengte, denn nur allzu gut wusste er, dass er mit keinem weiteren Aufschub mehr rechnen durfte. Der nun vollends betrübte und zutiefst ratlose Hofmaler hinterließ noch ein rätselhaftes Bild, auf dem ein Narr einen Korb voller Eier ausbrütet. Dann verschwand er eines Nachts spurlos.
Als schließlich nur noch eine Woche bis zum Ablauf der Jahresfrist fehlte, begann der Kleine endlich selber zu malen. Ihm fiel nichts anderes ein, als Szenen aus den Tierfabeln des Äsop darzustellen. Doch nach der dritten unterbrach er bereits seine Arbeit, denn die Motive schienen ihm viel zu bekannt und gar nicht originell. Entmutigt streifte er durch den Wald. Plötzlich bemerkte er, dass er die Stimme jenes Vogels verstand, der ihm schon längere Zeit von Ast zu Ast gefolgt war. Die beiden kamen miteinander ins Gespräch. Als Matthäus Matthias Gaudenz seinem gefiederten Begleiter vom bevorstehenden Ablauf der Frist erzählen wollte, unterbrach ihn dieser, denn er wusste über alles Bescheid. Auch konnte er bereits mit einer Lösung aufwarten: Er habe mit den verschiedensten Tieren der umliegenden Täler gesprochen, und die wären sehr wohl dazu bereit, ihm

die unglaublichsten Geschichten zu erzählen. Allerdings stellten sie eine Bedingung: Da sie seit Jahren vom Grafen und seinem Gefolge unbarmherzig gejagt wurden, wollten sie endlich ein ruhiges und sorgloses Dasein fuhren, und sie verlangten deshalb die Unterschutzstellung des gesamten Amatia-Tales.

Matthäus Matthias Gaudenz rannte eiligst ins Schloss zurück und erbat sich dringendst Audienz bei seinem Vater. Dieser verließ besorgt eine wichtige Beratung, um seinem Sohn Gehör zu schenken.

Oswald Udalricus Jacobus war ein leidenschaftlicher Jäger, und er musste daher lange überlegen. Doch am Ende gab er neuerlich nach. So entstand der erste Naturpark der Grafschaft, in dem alle Jagd verboten war. Die kleinen Hasen und Rehe mussten nun nicht mehr um das Leben ihrer Eltern bangen. Sie konnten wieder frei herumtollen. Freilich mussten sie sich noch immer in acht nehmen vor ihren natürlichen Feinden, den Raubtieren. Und vor den paar uneinsichtigen Wilderern, die trotz der Androhung schwerer Strafen nicht von ihrem frevelhaften Geschäft lassen wollten.

Als Dank für den gewährten Schutz begannen nun die Tiere, von denen einige aus weit entfernten Ländern eingewandert waren, Fantastisches zu erzählen. Ihre Geschichten wurden von Matthäus Matthias Gaudenz an die Wände des

Arkadenganges gemalt, so, wie wir sie dort auch heute noch bewundern können.
Gerade noch rechtzeitig vor Ablauf des Jahres führte das überglückliche Kind sein Werk dem Vater vor, der nun stolz und voll des Lobes war. Matthäus Matthias Gaudenz hielt damit sein Versprechen und trat bald das Erbe seines alten Vaters an. Er soll ein guter, freizügiger und großmütiger Herrscher gewesen sein. Vielleicht auch deshalb, weil er eine glückliche Kindheit verlebt hatte.
Und was sein Weiterwachsen anbelangt, so sei ganz einfach auf den hünenhaften Harnisch hingewiesen, den ihr ebenfalls schon in der Rüstkammer gesehen habt, denn dies war seine zweite Rüstung.

ABSVRDVM EST SEQVENTEM
HONORES FVGERE LABORES.
EX QVIBVS NASCVNTVR HONORES.

EVAGRIUS

Ungereimt ist es für den, der nach Ehren strebt, die Mühen zu scheuen, aus denen Ehren erst hervorgehen.

Das Vinschger Lügen-Symposium

Die Bewohner des Vinschgaus – man weiß es in ganz Tirol stehen im Ruf, Schwierigkeiten mit der Wahrheit zu haben. Kurzum, sie lügen wie gedruckt!

In alten Zeiten, so wird berichtet, trafen sich die Vinschger sogar einmal im Jahr, um Geschichten zu erzählen, die allesamt erstunken und erlogen waren. Anschließend wurde dann der Erfinder der fantasievollsten Lüge zum Lügenkönig ernannt.

So kam es, dass sich die Tiere dieses Tales entschlossen, die Menschen nachzuäffen, und sie beriefen ein Sympo-

sium ein, bei dem die Geladenen um die Wette zu lügen hatten.
Am festgesetzten Tag traf sich alles, was lügnerischen Rang und Namen hatte, in einem adeligen Ansitz, dessen Besitzer gerade außer Landes waren. Pförtner dieses noblen Hauses war der Pfau, über dessen zwielichtige Vergangenheit recht viel gemunkelt wurde. Er stamme aus dem Orient und soll angeblich wegen Mittäterschaft bei einem Apfeldiebstahl aus dem Garten Eden verbannt worden sein. Doch sein selbstsicheres und adeliges Auftreten hatten es ihm ermöglicht, diese verantwortungsvolle Aufgabe zu finden. Er bat also die Geladenen höflichst darum, an der wertvollen Ausstattung des Hauses keinen Schaden anzurichten. Es versteht sich von selbst, dass die diebische Elster gar nicht erst eingeladen wurde.
Als alle schließlich an der reich gedeckten Tafel saßen, begann das Erzählen. Als erster war der Windhund an der Reihe: „Wie ihr ja alle wisst, bin ich der Schnellste unter euch. Nun aber hört, was mir vor ein paar Tagen zugestoßen ist: Um mir ein wenig die Beine zu

vertreten, lief ich über die Plawenner Wiesen. Es ist dies eine herrlich grüne Weite – wenn der Wind darüber streicht, bewegen sich die Gräser wie die Wellen des Meeres.
An dem Tag war ich besonders gut gelaunt, und es ging richtig zügig voran. Da kam es mir plötzlich vor, als hätte mein Schatten Schwierigkeiten, mir zu folgen. Ich beschleunigte noch ein bisschen, und da geschah es, so unglaublich es klingen mag: Mein Schatten war nicht mehr imstande mitzuhalten! Allmählich fiel er zurück, bis ich ihn ganz aus den Augen verlor. Zu Hause angekommen wartete ich noch eine ganze Weile auf ihn, doch es war vergebens. Außer Atem und ohne mich, seine gewohnte Begleitung, wird er sich wohl irgendwo verirrt haben.
Um nicht wie ein schattenloses Gespenst auszusehen, muss ich nun immer ein Kleid anziehen, um mindestens von dessen Schatten begleitet zu werden."
Buhrufe und viel Spottgelächter zogen den Schlussstrich unter des Windhundes Lügengeschichte.

Nun kam die Sau dran: Fürwahr, eine gewaltige Geschichte", be-

gann sie und hielt sich dabei ihren Bauchspeck vor Lachen, „doch hört euch nun die meine an. Wir Schweine wissen wohl, dass wir ausschließlich zu dem Zweck gezüchtet werden, als Speck, Schinken und Würste auf den Tischen zu landen. Dies ist halt unser Schicksal", seufzte die Sau niedergeschlagen, „doch früher einmal erging es uns bedeutend besser. Wir wurden mit denselben Speisen wie unsere Herrschaften gefüttert.
Während der warmen Monate durften wir in die Sommerfrische gehen. Ich war mit meiner Familie immer auf einer wunderschönen Alm oberhalb von Laas, direkt auf den Hängen des Saurüssels, wo wir glückliche Tage verbrachten. Neunundneunzig Tage waren es. Denn wären wir ganze hundert Tage dort oben geblieben, hätten wir in die gräfliche Stammrolle aufgenommen werden müs-

sen. Dies wäre mit vielen Privilegien verbunden gewesen: Schlachtung nur alle Schaltjahre, sechs Wochen Karenzurlaub nach dem Werfen und dergleichen Annehmlichkeiten mehr, die uns die Bauern nicht zugestehen wollten. So fristeten wir unser Leben in Erwartung darauf, zu Speck verarbeitet zu werden, jenem berühmten und so schmackhaften Erzeugnis, das zu gleichen Teilen rot und weiß ist, genau wie unsere Landesfahne."

Die Sau schloss traurig ihre Rede. Es folgte betretenes Schweigen, bis sich endlich eine Stimme erhob: „Und worin besteht die Lüge?"

Darauf der Fuchs: „Wir wissen doch alle, dass sie die letzte Specksau in der ganzen Grafschaft ist. Wie kann es dann noch einheimischen Speck geben?!" Nachdenkliches Schweigen folgte dieser Bemerkung, das nur vom Schnabelgeschmatze des Ibisses unterbrochen wurde, der flegelhaft an seinen Würmern und Blindschleichen weiterkaute.

Der Ibis war mit dem Pfau befreundet und stammte aus dem alten Ägypten, wo er als eine Art Oberguru verehrt wurde. Jetzt machte er gerade eine Konferenzen-Tournee durch halb Europa, um neue Anhänger für seine Sekte zu

gewinnen, aber da er nur Hieroglyphisch sprach, verstand ihn keiner.
Nun war endlich der Wolf an der Reihe, der sich gerade, um seinem Ruf gerecht zu werden, über einen riesigen Bratenteller hermachte. „Liebe Freunde, lasst mich diese Gelegenheit dazu nutzen, endlich einmal reinen Tisch zu machen mit gewissen Vorurteilen, die mich betreffen und betroffen machen. Schon seit geraumer Zeit verbreiten die Märchenschreiber und Hofsänger Unlauteres und Niederträchtiges über meinen unstillbaren Appetit."
Während er sich gerade eine weitere Hühnerkeule in den Rachen schob, hielt er ein Schriftstück in die Höhe.
„Ich möchte weder auf die drei Schweinchen noch auf die sieben Geißlein eingehen. Ich will mich damit begnügen, lediglich die Sache mit dem Rotkäppchen zu klären. Ich kann mich noch sehr gut an jenen Tag erinnern. Es war schwül und heiß. Mir war nicht besonders wohl, ich hatte starke Schwindelgefühle ... Irgendwann

mitten im Wald begann das Rotkäppchen dann Pilze zu suchen, wobei ich ihm mit einem gewissen Abstand folgte, um ja nicht ins Zwielicht zu geraten – von wegen Anbiederung und Aufdringlichkeit und so –, was mir dann ja auch tatsächlich vorgeworfen wurde. Am Hause der Großmutter angelangt, wollte ich mich verabschieden, doch das Rotkäppchen wollte um alles in der Welt, dass ich mit hineinkam. Da mir ja schwindelig war" wie ein Blitz traf dabei sein Blick den Hasen, der vor Angst erstarrte – „ließ ich mir von der Oma einen Kräutertee zubereiten. Kaum hatte ich einen Schluck getrunken, fiel ich erschöpft aufs Bett und schlief auf der Stelle ein.

Von wegen Rotkäppchen und die Großmutter mit Haut und Haar verspeisen! Im Gegenteil, gerade rechtzeitig wachte ich auf, um mich mit einem Sprung durchs Fenster vor

den Jägern zu retten, die von den beiden mittlerweile gerufen worden waren, um mir das Fell über die Ohren zu ziehen. Rotkäppchen wollte sich nämlich von ihrer Oma, die ja bekanntlich Schneiderin war, eine Pelzjacke aus meiner Haut nähen lassen. So und nicht anders ist die Geschichte gelaufen. Ich und ein böser Wolf, dass ich nicht lache! Aber durch all diese Schauermärchen ist es wirklich fast gelungen, uns arme Wölfe auszurotten."

Am Ende dieser Erzählung waren sich die Anwesenden unschlüssig, ob sie pfeifen oder klatschen sollten.

Es war schon spät geworden. Nachdem sich die Geladenen noch einen Holundersirup als Verdauungstrunk genehmigt hatten, waren sie allesamt müde und gingen nach Hause. Dabei vergaßen sie ganz darauf, der besten Geschichte den angekündigten Preis zu verleihen. Aber solltet ihr unbedingt einen Sieger haben wollen, dann entscheidet euch selbst für einen.

DIFFICILE EST SE NOSSE,
SED BEATVM.

THALES

Selbsterkenntnis ist schwierig, aber sie beglückt.

Der Uhu, der Mäusebussard und die Entschlackungskur

Ein Uhu und ein Mäusebussard aus dem Amatia-Tal beschlossen eines schönen Tages – ganz im Sinne der seinerzeitigen Mode – ihren Speisezettel umzustellen, derart überdrüssig waren sie ihres täglichen Fleischfressens. Tag um Tag mussten sie in die Lüfte aufsteigen, um, wie eben alle Raubvögel, ihre Beute zu jagen: Mäuse, kleine Vögelchen, Eidechsen sogar – fürwahr, was für eine abscheuliche Nahrung das doch war!

In einer jener bunten Zeitschriften, die mehr Werbung als anderes enthalten, die einem aber gratis zugeschickt werden, hatten sie von den negativen Auswirkungen des übermäßigen Fleischkonsums gelesen, vom vorzeitigen Altwerden, von der Gicht und vielen anderen Gebrechen mehr.
„Auch das liebe Federvieh wird bei uns gesund wie nie“ – mit diesem Werbespruch bot eine renommierte Kuranstalt allen Vögeln eine Entschlackungswoche an, deren Grundlage eine Diät aus allerlei exotischen Früchten war.
Nachdem sie sich ein erfrischendes Bad im Saldurer See genehmigt und danach ihr Gefieder schön glatt gestrichen hatten, erhoben sie sich erwartungsfroh zum Fluge in Richtung der verheißungsvollen Kuranstalt.
Geschickt die Aufwinde entlang den Hängen des Sonnenbergs ausnutzend, gewannen sie rasch an Höhe und erreichten schon bald die Hauptstadt dieses Landes im Gebirge.
Meran war auch seines gemäßigten Klimas wegen bekannt, das Jahr um Jahr Vogelschwärme aus aller Herren Länder anzog. Eine erlesene Gesellschaft polyglotter Aristokraten bevölkerte die Passerstadt und

deren Promenaden: Da traf man farbenprächtige und geschwätzige Amazonaspapageien, makellos gefiederte afrikanische Störche, isländische Blesshühner mit frostigem Blick, ja sogar einen türkischen Ibis mit seinem Harem im Gefolge!

Der Uhu und der Mäusebussard bezogen Quartier in einem jener angesehenen Kurhotels, die eingebettet liegen in weitläufigen Parks mit üppiger Vegetation, die sie in ihrem grünen Heimattal noch nie gesehen hatten. Eukalyptus, Amygdalina, Magnolia grandiflora, Cyperus papyrus lasen sie auf den Namensschildchen, die an den Stämmen der Pflanzen angebracht waren. Obgleich sie weder die Bedeutung dieser Namen noch den tieferen Sinn dieser Emailplaketten verstanden, kicherten sie verschämt beim Gedanken an ihre namenlosen Lärchen- und Zirbelwälder.

Und so begannen sie ihre Obstdiät-Kurwoche: Apfelsinen, Melonen, Granatäpfel, Weintrauben und noch mehr an exotischen Früchten, von denen sie bis dato nicht einmal gewusst hatten, dass es sie überhaupt gab. Und so kärglich die Portionen auch waren, sie wurden immerhin auf Silberplatten serviert. Um ihren Durst zu löschen, erhielten sie

ausschließlich klares Brunnenwasser, das zwar in goldene Kannen gefüllt, deren Hals aber derart schmal war, dass ihre Schnäbel nicht hineinpassten. Unter den Hausgästen entdeckten sie zu ihrem Befremden einige bis zur Unkenntlichkeit maskierte Vogeltypen; erst später erfuhren sie vom diensthabenden Affen, dass es sich um Berühmtheiten aus der Politik und dem Showbusiness handelte, die hier inkognito weilten.

Der Uhu und der Mäusebussard, die ja Raubvögel waren, mühten sich aber umsonst mit ihren Früchtetellern ab. Ihre Krummschnäbel sind nur zum Reißen von Fleischspeisen geeignet. So beschlossen sie nach drei Tagen beschwerlichen Fastens, den vorzeitigen Rückflug nach Hause anzutreten.

Sie baten Herrn Ratte, den Chefportier, die Rechnung bereitzumachen. Es war dann eine gesalzene und gepfefferte Rechnung, denn auch hier galt die Regel: „Je weniger man isst, desto mehr bezahlt man!“

Herr Ratte fragte seine beiden Gäste, die ihn appetitvoll von oben bis unten abzumustern begannen, (was ihm allerdings zu entgehen schien), mit welcher Kreditkarte sie denn die Rechnung beglei-

chen wollten. Betreten und etwas kleinlaut zeigten sie ihm die Handvoll Goldmünzen, die sie bei sich hatten. Fast angewidert von solcher Zahlungsart zählte Herr Ratte das Geld, wobei er hin und wieder auf eine der Münzen biss, um sich von deren Echtheit zu vergewissern.

In jeder Hinsicht um einiges erleichtert, flogen unsere beiden Freunde nun wieder dem Obervinschgau zu und verspürten dabei schon große Vorfreude auf eine zwar einfache, aber doch deftige Mahlzeit, deren Hauptanteil, die Feldmäuse, sie mit ihrem scharfen Blick auch bald schon in großer Anzahl ausmachten. Denn tatsächlich, gerade dank ihrer Abwesenheit und der dadurch eingetretenen Jagdpause, hatten sich die kleinen Nager ungestört dermaßen vermehren können, dass sie den Feldern und sogar den Lebensmittelvorräten zusetzten, und dies bis hinauf zur Stadt Glurns, deren Bürger sogar gerichtlich gegen sie vorgingen … aber das ist eine andere Geschichte.

Sie fingen wieder an zu jagen, der Uhu des Nachts, der Mäusebussard tagsüber, und von nun an wurden sie von allen Talbewohnern freundlich gegrüßt und sehr respektiert. Bald schon wurde beschlossen, sie unter Schutz zu stellen und ihr Einfangen zu verbieten. Von da an verließen sie nie mehr ihren heimatlichen Vinschgau.

NOBILES ET PVLCHROS MAXIME DECET IN ASPECTV PVLCHRITVDO, IN ANIMO AVTEM TEMPERANTIA, ET IN HORVM VTROQ(VE) FORTITVDO ET VIRILITAS.

DEMOSTHENES

Vornehmen und Vortrefflichen ziemt gar sehr Schönheit im Anblick, im Herzen aber Mäßigkeit, in jedem von beiden Kraft und Mannhaftigkeit.

Müsella, die allerschönste Geiß

Zottel war ein herrliches Exemplar von Ziegenbock und wurde im ganzen Obervinschgau bewundert und begehrt. Da er sich aber einbildete, von einem uralten Geschlecht abzustammen, das weitschichtig sogar mit Beelzebub höchstpersönlich verwandt war, wollte er sich nicht mit den gemeinen Berg-, Feld- und Hofgeißen seines Tales begnügen.

Zottel war weitum bekannt und geachtet wegen seiner unerbittlichen Art, mit der er seine Weidegründe vor Eindringlingen verteidigte – sogar die Wölfe machten einen weiten Bogen um sie herum –, und auch wegen seines ansehnlichen Revierbesitzes, der sich über ausgedehnte saftige Bergweiden erstreckte, auf denen tausendundeine Art Gras und Kräuter gediehen.

Doch die Jahre vergingen auch für ihn, und langsam begannen sich an seinem muskelbepackten Körper, auf den er immer noch so stolz war, die ersten Anzeichen des Altwerdens zu zeigen. Und so sehnte er sich immer mehr nach einer Lebensgefährtin, mit der er seine restlichen Jahre teilen wollte.

Auch wollte er noch für Nachwuchs sorgen, dem er seine üppigen Weiden vererben konnte. Dennoch mochte er sich für keine der ihm bekannten Geißen entscheiden. Traurig und verdrossen zog er seine Freundin Gazzetta zurate, eine angeblich einem adeligen Zugvogelgeschlecht entstammende Kranichhenne. Gazzetta riet ihm, ein großes Fest zu veranstalten und dazu alle seine Bewerberinnen einzuladen, denn so hätte er dann die Möglichkeit, die

allerschönste unter ihnen auszuwählen. Und so kam es denn auch.

Gazzetta flog kreuz und quer übers ganze Land und kündigte überall lauthals das bevorstehende Ereignis an.

Schließlich war es soweit: Der von vielen so heiß ersehnte Tag war gekommen, und auf einer sanft gewellten Wiese oberhalb Kapruns, des Heimatweilers von Zottel, strömten die zahlreichen Bewerberinnen in Begleitung von Verwandten und Freunden zusammen. Einige von ihnen hüpften ungeduldig mit großen Sprüngen herbei, andere wiederum gaben sich recht zögerlich und nahmen die Gelegenheit wahr, endlich einmal in Ruhe dieses herrliche Gras abweiden zu können, ohne Gefahr zu laufen, von Zottel vertrieben zu werden.

Bei Sonnenuntergang waren dann Dutzende und Aberdutzende von Bewerberinnen am prasselnden Lagerfeuer versammelt, und sie blökten in den unterschiedlichsten Dialekttönen: vom geleierten Alemannischen des Oberlandes über die Kehllaute des Martelltales und den geflöteten Singsang aus Stilfs bis hin zur Bors-

tigkeit des Ötztalerischen und den fast schon menschlich klingenden Lauten aus dem Engadin.
Zottel sah sich neugierig um, doch Enttäuschung machte sich in ihm breit, denn allzu viele dieser Geißen kannte er bereits von früher her, von kurzen und flüchtigen Liebesabenteuern, die ihm nichts weiter bedeuteten. Nur eine der Bewerberinnen war ihm sofort ins Auge gefallen wegen ihrer recht auffälligen Erscheinung. Doch selbst diese wollte er nicht näher in Betracht ziehen, denn allzu schamlos stellte sie ihre Reize zur Schau. Er war eben der Meinung, dass eine dermaßen aufgetakelte Ziege nicht dem entsprechen würde, was er wirklich suchte.
Auf einmal fiel sein forschender Blick auf eine Unbekannte, die etwas abseitsstand. Mit viel Anmut trug sie ein deliziöses Leibchen des bekannten Modeschöpfers Carl Ziegenfeld. Es verlieh den harmonischen Formen ihres Körpers Nachdruck, obwohl sie vielleicht nicht mehr die Allerjüngste war, wie einige ihrer neidischen Mitbewerberinnen zähneknirschend zu bemerken wussten. Zusätzlich unterstrichen wurde die Eleganz der schönen Unbekannten vom bunten Federschmuck, während das Gesicht zum Teil hinter einer roten Maske versteckt war, was den geheimnisvollen Zauber dieser Erscheinung nur noch verstärkte.

Zottel war wie gebannt: Er stöhnte und schmachtete, und als er schließlich mit ihr tanzte, brachte er kein Wort aus sich heraus.
Bestimmt handelte es sich um eine Prinzessin, die sich nicht zu erkennen geben wollte, und gewiss stammte sie aus einem fernen Land, in dem man Zottels Sprache vielleicht gar nichtkannte ... Seiner Freundin und Beraterin Gazzetta aber, deren Sinne nicht von Liebestrunkenheit vernebelt waren, entging nicht der ziemlich kräftige Duft, der die Unbekannte umgab: von wegen Prinzessin aus fernen Landen! Bloß eine Verkleidung war es, unter der sich eine ganz gewöhnliche Geiß, eine wie alle anderen, verbarg. Und obgleich sie Zottel darüber aufzuklären versuchte, wollte dieser nichts davon hören: Diese und keine andere war es, die er zu seiner Frau haben musste!
Es wurde gefeiert und getanzt und festlich getafelt. Das flinke Eichhörnchen servierte herrliche Köstlichkeiten wie Potage de legumes auf Kräutersauce, Paglia e Fieno und ein mit keltischem Baldrian abgeschmecktes Sorbet. Auf einmal, mitten im festlichen Getümmel und angekündigt durch Bockshornklänge, erhob sich Zottel vor der ausgelassenen Versammlung und erklärte feierlich,

dass er sich in drei Tagen mit der schönen Unbekannten vermählen werde – Worte, zu denen die Auserwählte aristokratisch verhalten nickte. Daraufhin wurde das Fest abgebrochen, und alle zogen sich wieder zurück in ihre heimatlichen Täler.

Drei Tage später bemerkte Zottel eine kleine Schar von Ziegen, die sich vom Bärenjoch herunter seinen Weidegründen näherte. Entschlossen wie immer rannte er ihr mit weiten Sprüngen entgegen, um die Eindringlinge zu vertreiben. Schon senkte er den Kopf zum ersten Anlauf, als er unter ihnen die schöne Unbekannte wahrnahm, die noch immer in ihr Festtagskleid gehüllt war. Doch bei Tageslicht erkannte er sie sofort: Es war Müsella, die Geiß aus Tanawella im Amatia-Tal, die er früher während seiner sommerlichen Ausflüge schon so oft getroffen, aber nie auch nur eines Blickes gewürdigt hatte.

Die Erkenntnis kam jedoch zu spät, denn vor aller Welt hatte er ihr sein Wort gegeben, und schließlich war er ein echter Ehrenmann. Und so kam es, dass ein neues, gesundes und starkes Ziegengeschlecht entstand, dessen Nachkömmlinge heute noch auf den Hochgebirgswiesen zwischen dem Langtauferer und dem Matscher Tal weiden.

NON IDCIRCO EQVVS EST CELER,
SI. EX CELERRIMIS NATVS SIT. SIC
VIRI LAVDES TESTATE SVNT EX SVIS
CVIVSQ(VE) PRAECLARIS FACTIS.

BASILIVS

Nicht deshalb ist das Pferd schnell, weil es von den allerschnellsten abstammt. So gehen offenkundig die Vorzüge des Mannes auf die Seinen und dessen ruhmvolle Taten zurück.

Die wahre Geschichte des nach Schluderns eingewanderten El'Beavi

Die Nomadenvölker, insbesondere die arabischen, haben immer schon ihre Pferde mehr als alles andere geliebt. Nicht die schönste Frau, nicht Reichtum und nicht Macht bedeuteten ihnen so viel wie diese wunderbaren Tiere, die für sie ganz und gar unersetzlich waren. Von einem mächtigen Herrscher stammt der berühmte Ausspruch: „Mein Königreich für ein Pferd!“

Doch das arabische Pferd, so prachtvoll es auch ist, war nicht das einzige Tier, das die dortige Gegend bevölkerte. Da war auch noch der Löwe. Vom einen bewunderte man zwar Schnelligkeit, Geschicklichkeit und Ausdauer, beim anderen fürchtete man die Kraft, den steten Hunger und die Entschlossenheit, mit der er jeden Eindringling aus seinem Reich vertrieb. Deshalb wurde der Löwe auch als der König des Tierreiches anerkannt.

Aber wie so oft in der Geschichte werden Könige mehr gehasst als geliebt. Und so war es auch beim Löwen, der das Pferd darum beneidete, von allen Menschen so geliebt zu werden. Daher entschloss sich der Löwe, sich dieses Rivalen zu entledigen, dann würde er selbst, so glaubte er, von allen bewundert und geliebt werden.

Doch jeder Versuch blieb erfolglos, denn das Pferd war zwar schwächer, aber doch viel, viel schneller als er. Bis er es eines Tages antraf, als es für eine bevorstehende Parade voll beladen war mit Zaumzeug, Sattel und Geschirr und daher nicht imstande war, so behände und geschwind wie immer zu fliehen. Und so konnte es dem Rachen des Löwen nur durch einen verzweifelten, mächtigen Tritt entgehen, der den König der Tiere mitten ins Gesicht traf.

Mit gebrochenem Nasenbein und ein paar Zahnlücken ließ sich der Löwe in eine zwar sündteure, aber diskrete Schweizer Klinik einliefern. Doch bald schon verbreitete

sich die Kunde seines Missgeschicks und verlieh dem Pferd zusätzlichen Respekt. Die Wunde aber, die den Löwen am meisten schmerzte, war die seines verletzten Stolzes!
Als er schließlich nach langwieriger Genesung wieder in sein Territorium zurückkam, erklärte er, der ja immerhin König war, das Pferd für vogelfrei und ließ es wegen Majestätsbeleidigung für immer und ewig und unter Androhung der Todesstrafe aus dem Land verbannen. Und so kam es, dass dieses prachtvolle arabische Pferd auswandern musste. Es zog durch vieler Herren Länder, doch überall gab es schon Pferde, die den jeweiligen Anforderungen voll und ganz entsprachen: der weiße Lipizzaner als galanter Tänzer, der unermüdliche Maremmaner als Herdentreiber, die breithufigen belgischen Zugrosse oder die gedrungenen Ponys als Lastpferde in den Bergwerksstollen.
Unserem Araber wurden daher nur recht bescheidene Arbeiten überlassen: Er zog Heuschlitten, karrte kranke Pilger durch die Gegend oder schuftete mit Pflügen durch die Äcker. Meist streunte er ziellos wie ein Landstreicher herum und war nur darauf

bedacht, all jene Gegenden zu meiden, die von Löwen bewohnt waren, denn ein königliches Edikt bleibt ja so lange in Kraft, bis es aufgehoben wird, und man kann eben nie wissen, was einem da alles zustoßen wird.
Eines schönen Tages trottete der Araber an Schluderns vorbei und erblickte auf einer Weide ein anmutiges Stutenfohlen. Es war Liebe auf den ersten Blick!
Doch schon damals waren Ausländer nicht besonders gern gesehen, besonders dann nicht, wenn sie von weither kamen und keiner geregelten Arbeit nachgingen.
Lange Zeit bekämpfte die örtliche Vereinigung der Vierbeiner die Verbindung zwischen den beiden. Eine Mischehe wurde als Angriff auf das Herkömmliche empfunden. Aber wie so oft siegte schließlich die Liebe, und was dabei herauskam, waren wunderschöne, zierliche Pferdchen. Die kleinen Tiere mit honigfarbenen Deckhaaren und weißer Mähne wurden schon bald wegen ihrer Zutraulichkeit von allen Verwandten und Bekannten ins Herz geschlossen. Eigenartigerweise wurden sie dann Haflinger genannt;

mag sein aufgrund eines sprachlichen Missverständnisses, da El'Beavi – denn so hieß der eingewanderte Stammvater – Schwierigkeiten mit dem Wiehern der Eingeborenensprache hatte, oder vielleicht auch, weil er seine Nachkommen nicht verängstigen wollte und ihnen nie die wahre Geschichte seines Vorlebens erzählte.

Und tatsächlich, nie hatten die Haflinger Angst vor den Löwen, und dies, obwohl das Verbannungsedikt immer noch nicht außer Kraft gesetzt ist.

Dem Löwen, der mittlerweile von Herkules getötet worden war, hatte man inzwischen ein Sternbild gewidmet, das sich unter dem des großen Wagens befindet, während man viele Jahre später zur Erinnerung an El'Beavi diesem ein Denkmal setzte.

Beide sind sie von der Churburg aus zu bestaunen: das Sternbild des Löwen, wenn man in klaren Nächten in den Himmel schaut, und El'Beavis Standbild, wenn man den Blick nach Schluderns hinunter richtet.

BONORVM VIRORVM RELIQVIAS
TEMPVS NON ABOLET SED ETIAM
DEFVNCTIS EIS VIRTVS RELVCET.

EVRIPIDES

Die Zeit zerstört nicht die Hinterlassenschaft tadelloser Menschen; selbst wenn sie verstorben sind, leuchtet ihre Tugend nach.

Die Messung der Zeit

Die Affendame Adelina, die bis dahin den Geschichten der Anderen wortlos und halb eingeschlafen gelauscht hatte, stieß plötzlich aus: „Sine Sole Sileo!" Alle anderen Kreaturen im Arkadengang verstummten für einen Augenblick, aber schon bald wurde das Stimmengewirr immer intensiver. „Was sollte dieser Ausruf bedeuten? In welcher fremden Sprache trompetete sie da? Was ging in ihrem Kopf vor?"

Während dieses Erstaunens und der Bestürzung aller fuhr Adelina fort: „Wie ihr wisst, komme ich aus einem fernen Land, in dem man viele Sprachen und Dialekte spricht. Um die Kommunikation zwischen uns und den Affen, die aus anderen Ländern kommen, zu vereinfachen, wurde eine gemeinsame Sprache eingeführt“, und sie wiederholte: „Sine Sole Sileo!“

Dies ist keine magische Formel, die eine Falltür zu einem Geheimgang öffnet, gut versteckt zwischen den Mauern der Burg, oder gar ein ritueller Spruch von Anhänger einer sehr exklusiven Sekte, sondern es ist ein lateinische Sprichwort und heißt übersetzt: Ohne Sonne bin ich stumm, und es bezieht sich auf Sonnenuhren.

Ihr habt sicherlich schon bemerkt, dass die Wände des alten Schlosses eine feine Auswahl mehrerer antiker Sonnenuhren schmückt; eine noch funktionierende Uhr im Innenhof und zwei weitere Ziffernblätter schmücken den Taubenschlag.

Diese Sonnenuhren sind bereits sehr alt und und wurden von den Menschen zur Zeitmessung erfunden.

„Warum muss man die Zeit messen?“, fragte das Eichhörnchen, das für einen Moment stehen blieb, um zuzuhören.

„Wahrscheinlich, weil es den Menschen bewusst ist, dass sie sterben müssen“, sagte die Nachtigall, die aber niemand beachtete!

Adelina fuhr fort: „Wir Tiere brauchen keine Uhren, denn wir haben einen Instinkt, der uns sagt, wann es Zeit wird, zum Überwintern nach Afrika oder zum Nisten nach Grönland aufzubrechen, während die Menschen wahrscheinlich bereits in der Antike beobachten, dass sich der Schatten unter einem Stock regelmäßig im Laufe des Tages verändert, um damit vielleicht einen Bewässerungsplan zu bestimmen, wie es die Bauern des Vinschgaus seit Jahrhunderten getan haben.
Noch früher wurde der Lauf der Zeit in Perioden gemessen, um festzulegen, wann gepflanzt und wann die Tiere auf die Almen gebracht wurden. Oder gar in Jahren, um zu wissen, wann die Schuldeneintreiber wieder vorstellig würden, um die „Steuern" für den Schlossherrn einzutreiben.
Natürlich war es damals nicht möglich, Minuten oder sogar Bruchteile von Sekunden zum messen, während es heute Millisekunden sind, die in einem sportlichen Wettbewerb über Sieg oder Niederlage, also Gewinn oder Verlust von Titel und Preisen, entscheiden.
Den unaufhaltbaren Lauf der Zeit zu messen war seit jeher von großer Bedeutung, deshalb ist es nicht verwunderlich, dass Uhren ein „Statussymbol" geworden sind und ihr Wert weit über das Objekt selbst hinausgeht, das heißt, sie zeigen konkret, dass die Zeit sehr kostbar ist!
Also konkurrierte die Aristokratie untereinander, welche Türme oder Fassade der Residenzen und Schlösser, die

aufwendigsten und dekorativsten Sonnenuhren zierten, die wie der Name schon sagt, nur funktionieren, wenn es sonnig ist! Aber ist das wirklich der Fall? Achten Sie genau auf die sechzehn Säulen dieses schönen Arkadenganges aus der Renaissance: Sie werden feststellen, dass zwei von ihnen Menschengestalt haben, in deren Brust Ziffern eingeritzt sind, eine Figur zeigt die Stunden des Morgens und die andere die des Nachmittages. Die Rückseite einer Figur jedoch birgt ein Geheimnis: Die Gravur im Stein zeigt deutlich sichtbar eine Uhr an, jedoch kann die Sonne diese Stelle nicht erreichen. Wozu sollte diese dienen? Die Gelehrten streiten darüber, ob es eine Monduhr ist!"

„Was ist eine Monduhr?", fragten zwei Stieglitze wie aus einem Mund.

„Nun, ihr solltet wissen, dass es auch in dieser Burg, wie wohl in allen anderen Burgen auch, Geister und Kobolde gibt, die nur nachts zwischen den alten Mauern schweben. Wahrscheinlich waren sie es, die diese ungewöhnliche wie skurrile Monduhr schufen, um ihre Dienstpläne koordinieren zu können!".

Davon unbeeindruckt legte sich Adelina wieder hin und begann zu dösen.

DOCTIORES QVAM RELINQVERE STVDETO.

TETVS

Trachte danach, klügere als reichere Kinder zurückzulassen.

Die Apfelarkaden

Der Arkadengang der Churburg ist reich an Fabeltieren und Fantasiegestalten, die – wie wir gesehen haben – zu allerhand fähig sind. Da war es kaum verwunderlich, als eines Tages aus dem mächtigen Baumstamm an der Südwand eine gelassene, tiefe Stimme erklang: Alle lauschten schweigend den Worten des Baumes.

„Ihr habt sicherlich bemerkt, dass das schönste und eindrucksvollste aller Fresken in den wunderbaren Arkaden aus Vinschger Marmor jenes ist, das mich als Ahnenbaum

darstellt. Allerdings ist es so unbequem zu betrachten wie kaum ein anderes."
„Wohl wahr", sagte der Ibis, „in der Tat klagen viele Besucher darüber, dass sie vom vielen Aufwärtsschauen einen starren Hals bekommen."
Der Baum erzählte weiter: „Wie eine junge Rebe, nein: Wie ein herrlicher Drache mit hundert Häuptern ranke ich mich über das sonnenbeschienene Gewölbe, und neben den vielen Wappen und Schriftrollen, die von den Nachfahren im Laufe der Jahrhunderte berichten, lugen hier und dort goldene Früchte aus meinem Laub."
„Das sind Äpfel", sagten die einen. „Nein, es sind Birnen", meinten die anderen. Wer mochte wohl mit seiner Annahme richtig liegen? „Ihr habt alle recht, und alle unrecht", meldete sich der Baum wieder zu Wort. „Meine Früchte sind Quitten. Bereits im alten Griechenland galten sie als Symbol für Liebe und Fruchtbarkeit! Weiter unten, oberhalb des weiß-rot gestreiften Sockels, gleich neben den bizarren Figuren in den Arkadenbögen, finden sich ebenfalls zahlreiche Früchte, die wirklich Äpfel sein könnten. Tatsächlich steckt die Geschichte der Menschheit voller Geschichten, Mythen und Legenden um den Apfel: Von Adam und Eva, die wegen eines Apfels aus dem Garten Eden verbannt wurden, bis hin zum Erisapfel des Paris, der den verheerenden Krieg um Troja auslöste. Dann gab es da noch den Baum

mit den goldenen Äpfeln im Garten der Hesperiden, und Schneewittchens vergifteten Apfel oder jenen wohlbekannten Apfel des Schweizer Volkshelden Wilhelm Tell und den, der vom Baum fiel und Newton so zur Entdeckung des Gravitationsgesetzes verhalf. Heute nennen wir New York den „Big Apple“, und ein angebissener Apfel wurde zum Logo eines bekannten Elektronikherstellers. Es reicht ein kurzer Blick über die Mauern der Churburg, um zu sehen, dass wir von Millionen Apfelbäumen, die unaufhaltsamen und in Reih und Glied wie römische Soldaten den Talboden besetzen, geradezu belagert werden … Äpfel, soweit das Auge reicht. Der Vinschgau ist heute dank seines Slogans „Willkommen im Apfelgarten!“ weltweit bekannt. Als hätte der Maler, der einst den Arkadengang mit Fresken versah, eine Vorahnung gehabt – aber es ist schließlich hinreichend bekannt, dass Künstler ihrer Zeit stets voraus sind!“

Mit diesen rätselhaften Worten schloss der Baumstamm seine Erzählung ab und hüllte sich fortan wieder in Schweigen.

MAXIMA EST DIGNITAS NON QVIDEM VTI HONORIBVS. SED EFFICERE VT DIGNVS ILLIS EXISTIMERE.

ARISTOTELES

Die größte Ehre ist es nicht, Würden und Ämter zu besitzen, sondern dafür zu sorgen, dass man ihrer für würdig gehalten wird.

Der Arkadengang der Churburg

Hoch über der Ortschaft Schluderns im oberen Vinschgau (Provinz Bozen, Italien), einer bedeutenden Landschaft des historischen Tirols, erhebt sich die Churburg, die nicht nur zu den bekanntesten und meistbesuchten, sondern wohl auch politisch und künstlerisch wichtigsten Burgen des Landes gezählt werden muss.
Um die Mitte des 13. Jahrhunderts von den Bischöfen von Chur als eines der Zentren ihrer weltlichen Herrschaft im Vinschgau errichtet, ging eine Hälfte der Burg wenig später in das Eigentum der in Fragen der politischen Machtaus-

übung mit diesen konkurrierenden Tiroler Landesfürsten aus dem Hause Görz über. Die faktischen Inhaber waren seit dem Ende des 13. Jahrhunderts die Herren von Matsch, ein im Vinschgau und seinen Nachbarräumen schon früh belegtes, freiherrlich adeliges Geschlecht, das vor allem durch die Ausübung der Vogtei (weltliche Schutzherrschaft) über das benachbarte Benediktinerstift Marienberg und die Churer Güter im Vinschgau zu Macht und Ansehen gelangt war. Sie besaßen die Churburg unter dem Rechtstitel des Lehens bis zu ihrem Erlöschen im Jahr 1504. Seither befindet sich die Burg im Besitz unserer Familie, den aus der Steiermark stammenden Grafen Trapp, die aufgrund einer ehelichen Verbindung die Rechts- und Besitznachfolge der Vögte von Matsch antraten: Ritter Jakob (IV.) hatte im Jahr 1462 Barbara, die Schwester des letzten männlichen Deszendenten der Matscher, Gaudenz, geheiratet.

Baulich weist die Churburg seit ihren Anfängen unverkennbare Merkmale einer Dynastenburg auf. Unter den Vögten von Matsch allerdings noch eher eine in erster Linie wehrhafte Anlage hochmittelalterlicher Prägung erhielt sie ihre heutige Gestalt größtenteils im 16. Jahrhundert, als sie durch die Errichtung eines dreigeschossigen Innenhofes, der ältere Bauteile verband, zu einem herrschaftlichen Sitz von höchster künstlerischer Qualität ausgestaltet wurde. Auf diesem Weg stellt die Errichtung eines Arkadenganges im

Stil der Renaissance im mittleren Stockwerk eine besonders einprägsame Maßnahme dar.
Das künstlerische Programm des Churburger Arkadenganges spiegelt zentrale Aspekte der im 16. Jahrhundert gültigen Gesellschafts- und Wertordnung, aber auch ihrer Probleme und Krisen wider. Man könnte, um es zunächst sehr knapp zu formulieren, von einer Synthese adeligen Standes- und Familienbewusstseins noch durchaus mittelalterlicher Prägung einerseits und humanistischen Gedankengutes andererseits sprechen. Die Planung dieses Arkadenganges fällt nämlich in eine Zeit, die für Mitteleuropa oder – in historischen Kategorien – das Römisch-Deutsche Reich nach gängiger Auffassung als entscheidende Phase des Überganges von den feudalen Strukturen des Mittelalters zu einem Staatswesen moderner Prägung gelten kann. Dieser Prozess, der am besten im Bereich der Wirtschafts- und Sozialgeschichte nachvollziehbar ist, ging unter anderem mit der Ausprägung eines neuen Adelsbegriffes einher: Der durch das Vordringen kapitalistischer Wirtschaftsprozesse und einen immer differenzierteren Ausbau des Verwaltungswesens ermöglichte soziale Aufstieg breiterer, bisher politisch und gesellschaftlich weniger bedeutender Schichten bäuerlicher oder bürgerlicher Herkunft, aber auch eine Aufwertung niedrigerer Adeliger, führte zur Ablösung des bisher vorwiegend geburtsständisch definierten, von der mittelalterlichen Vorstellung eines „ordo“

(Stand, Ordnung) bestimmten alten Adels durch einen neuen Adel, der sich durch seine „virtus“ (moralische Größe, verbunden mit praktischer Tüchtigkeit) legitimiert fühlte. Zu dieser Gruppe könnte man, bei entsprechend weiter Auslegung des Begriffes, auch die Grafen Trapp zählen.

Der Churburger Arkadengang kann aufgrund seines künstlerischen Programmes also in das hier knapp umrissene geistesgeschichtliche Umfeld eingebettet werden. Als Niederschlag der mittelalterlichen Komponente müssen demnach ein kunstvoll über die Gewölbefelder verteilter Stammbaum der Familien Matsch und Trapp und insgesamt 16 skulptierte Steinsäulen gelten, die als Tragekonstruktionen dienen und mit planvoll angeordneten Wappen der Vögte von Matsch und der Ritter Trapp sowie zahlreicher anderer mit ihnen verschwägerter Familien versehen sind. Sie stellen somit die Familiengeschichte selbstgefällig zur Schau. Humanistisches Gedankengut neuzeitlicher Prägung kommt dagegen in einer Reihe moralisierender Sinnsprüche mit vorwiegend erzieherischem Inhalt sowie in mehreren Imperatoren- und Heroenporträts in den Kartuschen der Gewölbe- und Bogenkonsolen zum Ausdruck.

Der Gesamteindruck wird durch eine eigentümliche Mischung stilistischer Elemente der Romanik, der Gotik und der Renaissance bestimmt, die als Manierismus bezeichnet werden kann.

An den Gewölben und auf den Säulenkapitellen befinden sich

Porträts bedeutender Gestalten der römischen Geschichte. Die Wahl von Persönlichkeiten aus der noch besonders prinzipienstrengen Königszeit, wie etwa des Numa Pompilius, aus der bewusst den alten Traditionen verpflichteten Epoche des Ausbaus der Herrschaft Roms, wie etwa Scipio, oder aus dem philosophisch von einem Primat ethischer Fragestellungen gekennzeichneten zweiten nachchristlichen Jahrhundert, wie etwa des Kaisers Marc Aurel, eines bedeutenden Vertreters der stoischen Philosophie, deutet darauf hin, dass auch mit diesen Porträts eine Vorbildfunktion intendiert war.

Eine weitere Motivgruppe stellen Szenen aus dem Fabelbuch des Griechen Äsop dar, das um die Mitte des 15. Jahrhunderts ins Deutsche übersetzt worden war und fortan in diesem Kulturraum eine große Wirkung ausübt. Bemerkenswerter ist der Umstand, dass die aus dem heidnisch antiken Kulturkreis stammenden Fabeln auch in christlichen Predigtanweisungen fanden und als wesentliche Stützen der Moralerziehung gewürdigt wurden.

Die Malereien des Churburger Arkadenganges, die um 1800 übertüncht worden waren und erst 1907/08 wieder freigelegt wurden, verdienen nicht nur wegen ihrer künstlerischen Qualität höchste Beachtung, sondern auch deshalb, weil sie programmatisch zu den einheitlichsten Konzeptionen zählen, die das 16. Jahrhundert aufzuweisen hat und im Tiroler Raum beinahe einzigartig sind.

Foto Drescher, Meran, www.drescher.it

LAVDEMVS VIROS GLORIOSOS
ET PARENTES NOSTROS IN
GENERATIONE SVA.

ECCTI XXXXIIII

Die ehrwürdigen Männer wollen wir preisen, unsere Väter,
wie sie aufeinander folgten.

MORTVVS EST PATER EIVS ET QVASI
NO(N) EST MORTVVS. RELIQVT ENIM
DEFENSOREM DOMVS CONTRA INIMCOS
ET AMICIS REDDENTEM GRATIAM.

ECCLESIASTICI XXX

Stirbt der Vater, so ist es, als wäre er nicht tot. Denn er
hat seinen Feinden einen Rächer hinterlassen, und seinen
Freunden einen, der ihnen dankbar ist.

LIBERI [GRATI] MAGNAS EFFICIVNT
PARENTVM LAVDATIONES LIBERI
INSIPIENTIA ET INPERITIA EXVLTANTES
COGNATIONIS SVAE GENEROSITATEM
CONTAMINANT.

BASILIVS

Dankbare Kinder gereichen ihren Eltern zu großer Ehre.
Kinder, die maßlos in Albernheit und Unverstand sind,
bringen den Edelmut ihrer Verwandtschaft in Verruf.

LAVDABILIS PIETAS EST. VT EOS QVI NOS PROCREARVNT HONORE IFFICTIMVS, ET LABORES EORVM REMVNEREMVS.

CYRILLVS

Ehrfurcht ist lobenswert. Damit wird denen, welche uns gezeugt haben, Ruhm zuteilwerden lassen und derer Mühen vergelten.

TALEM TE PRAESTA PARENTIBVS QVALES ERGA TE CVPIS ESSE TVOS LIBEROS.

ISOKRATES

Erzeige dich deinen Eltern so, wie du dir deine Kinder wünscht.

QVORVM LAVDES MAGNI AESTIMAS, ILLORVM ETIAM VIRTVTES AEMVLERIS.

ISOKRATES

Wetteifere mit den Tugenden derer, deren Vorzüge du hoch einschätzt.

VIAM (AD) GLORIAM MAXIME COMPENDIARIAM, SI QVIS BONVS ESSE STVDERET, DICEBAT HERACLITVS PHILOSSOPHVS.

Der Weg zum Ruhm ist höchst kurz, wenn irgendeiner gut zu sein trachtet, sagte der Philosoph Heraklit.

DIFFICILE EST FATEOR. SED TENDIT AD ARDVA VIRTVS. ET TALIS MERITI GRATIA MAIOR ERIT.

OVIDIVS

Ich gebe zu, es ist nicht leicht aber die Tugend strebt zum Höherliegenden, und die Befriedigung wird um diese Mühe größer sein.

VIRTVS MAGIS QVAM CORPORIS IMAGINES AC MONVMENTA RELIN QVENDA PVTATO.

ISOKRATES

Schätze die Tugend höher ein als Konterfeits und hinterlassene Denkmale.

TVRPE EST [IN ALIIS VIR]TVTES APPROBARE [ET IN]SEIPSIS VITIA HABERE.

NACTES

Schändlich ist es bei anderen die Tugend gutzuheißen, bei sich selbst jedoch das Laster zu pflegen.

NVLLVS LAVDEM VO[LVPTATE] COMPARAVIT SED LABORES PARIVN[T NOBILEM] FORTITVDINEM.

ISOKRATES

Keiner hat je Lob mit Lust verglichen, sondern die Mühen bringen edlen Starkmut hervor.

BEATVS CVIVS VITA EXCELSA EST ET SPIRITVS HVMILIS.

NILVS

Glücklich der, dessen Leben hervorragend ist, dessen Herz trotzdem bescheiden bleibt.

ANIMI LAVDEM IACTATO, NON MAIORVM EMORTVAM GLORIAM.

PIALARIDES

Du sollst das Loblied des Geistes rühmend verkünden, nicht den Ruhm deiner verstorbenen Ahnen.

GENEROSOS ESSE PVTATO NON QVI A BONIS ET PROBIS P(RO)CREATI SVNT, SED QVI BONITATEM ET PROBITATEM P(RO)FITENTVR.

THEOPOMPVS

Glaube, dass nicht jene, die von Guten und Tüchtigen geboren wurden, Adelige sind, sondern die Güte und Redlichkeit bekennen.

... RVM NOBILITATEM N ... LVTVM ENIM OMNES ... LNER ... ET QVI IN PVRPVRA ET BYSSO SVNT EDVCATI, ET QVI IN PAVPERTATIS ABYSSO QSVMPTI.

THESPIS

... sowohl die die in Purpur und feinen Leinen erzogen worden sind, als auch die im Abgrund der Armut aufgefangen wurden.

APELLES PICTOR INTERROGATVS CVR SEDENTEM PINXISSET FORTVNAM QVIA INQVIT, NON STAT.

Als der Maler Apelles gefragt wurde, warum er die Glücksgöttin sitzend gemalt habe, antwortete er, dass sie nicht stehe.